# MISE AU JEU

# MISE AU JEU

## Irene Punt

Illustrations de
## Ken Steacy

Texte français d'Isabelle Allard

Dans la même collection :

Tir au but

Catalogage avant publication de Bibliothèque et Archives Canada

Punt, Irene, 1955-
[Funny faceoff. Français]
Mise au jeu / Irene Punt ; illustrations de Ken Steacey ;
texte français d'Isabelle Allard.

(Hockey junior)
Traduction de: The funny faceoff.
Niveau d'intérêt selon l'âge: Pour les 7-9 ans.
ISBN 978-0-545-98703-5

I. Stacey, Ken  II. Allard, Isabelle  III. Titre.  IV. Collection.
PS8581.U56F8514 2009          jC813'.54          C2008-905433-4

Édition publiée par les Éditions Scholastic,
604, rue King Ouest, Toronto (Ontario)  M5V 1E1 Canada

6 5 4 3 2     Imprimé au Canada 121    09 10 11 12 13

# Table des matières

La partie commence! ..............................1

Allez, les Faucons! ................................ 6

Le journal ........................................... 14

Le pirate au nez rouge ......................... 21

Quel gardien! ....................................... 31

L'exposé oral ....................................... 40

Gazou .................................................. 48

Suspension............................................ 52

Mise au jeu............................................ 59

Les champions de la glace..................... 69

*Pour Tom, en souvenir du jour où tu as chanté*
Le cow-boy au nez rouge.
— I. P.

# La partie commence!

Les lettres argentées qui composent les mots « Aréna du Centenaire » sont couvertes de neige.

Thomas et Simon montent l'escalier en traînant leurs gros sacs de hockey et franchissent les portes. Ils aperçoivent un de leurs amis et se dépêchent d'aller le rejoindre.

— Hé, Mathieu! Attends-nous!

Mathieu a des écouteurs dans les oreilles et le baladeur MP3 de son frère dans sa poche. Il baisse le volume.

— Attendez de voir ce que j'ai dans mon sac de hockey!

Les trois amis passent derrière les gradins pour se rendre au vestiaire. En entrant, ils déposent leurs bâtons dans un coin. Le vestiaire est bondé.

— Allez, Mathieu! dit Thomas. Montre-nous ce que tu as apporté!

Mathieu plonge la main dans son sac et en sort un objet.

— Qu'est-ce que c'est? demande Thomas.

Mathieu rabat les côtés de l'objet et le met debout. Il sort le baladeur MP3 de sa poche et le glisse dans une fente.

— Ce sont des mini haut-parleurs, mais ils produisent un méga son, dit-il en appuyant sur le bouton du volume. Mon frère a gagné des chansons gratuites à télécharger sur un site Web de hockey.

— Génial! dit Thomas.

Mathieu monte le volume et se met à chanter :

*Nous sommes les champions de la gla-ace!*
*Notre uniforme sent les godasses!*
*Nous sommes les meilleurs,*

*Nous sentons la sueur,*
*Poum, poum, poum-poum, poum,*
*Car nous sommes les champions...*
*de la glace!*

Ses copains éclatent de rire. Mathieu appuie sur le bouton et fait jouer de nouveau la chanson. Il saisit son bâton de hockey comme s'il s'agissait d'un micro. Il chante si fort que son visage devient tout rouge.

Tout le monde se lève en riant pour l'applaudir. Tout le monde... sauf Justin, le gardien de but. Il est en train d'attacher son plastron et de resserrer les boucles sur ses chevilles. Puis il commence ses exercices d'assouplissement.

3

— Je veux essayer d'établir un nouveau record de blanchissage, chuchote-t-il à Thomas. Il faut que je me concentre.

Il s'exerce à prendre une expression féroce. Thomas espère qu'il atteindra son objectif.

La porte s'ouvre et Hugo, l'entraîneur, entre dans le vestiaire. Il agite la liste des joueurs et transporte une caisse de bouteilles d'eau. Thomas aime bien leur entraîneur. Il est drôle

et gentil. Il travaille à la compagnie Super Cola et leur donne parfois des bouteilles gratuites de boissons énergisantes après un match.

— Hé! les as de pique! dit-il d'une voix forte.

Un gant de hockey vole dans les airs. L'entraîneur donne un coup de sifflet.

— Calmez-vous! Vous êtes les Faucons de Grand-Lac, pas des fous de Bassan! Mettez votre équipement. On a une partie à gagner!

Thomas enfile son chandail et entoure ses bas de ruban gommé en fredonnant la drôle de chanson de Mathieu.

— Quel trio joue en premier? demande Simon.

L'entraîneur consulte ses notes.

— J'ai Thomas au centre, Mathieu à l'aile droite, Samuel à l'aile gauche, et Simon et Benjamin à la défense. Justin est dans le filet.

*Parfait!* se dit Thomas, satisfait. Il regarde ses amis. Ils sourient parce qu'ils vont jouer en premier. *Nous SOMMES les champions de la glace!*

Puis Simon se coince le doigt dans la fermeture éclair de son sac, Mathieu relève ses bas chanceux et Justin se met à avoir le hoquet. La partie va commencer.

# Allez, les Faucons!

L'équipe sort du vestiaire. Thomas lève les yeux vers les gradins. Sa mère et son père sont assis avec les parents de Simon et de Mathieu. Ils portent les couleurs de l'équipe : jaune et vert. Thomas a des papillons dans l'estomac. *Pourquoi est-il toujours si nerveux avant une partie?*

La resurfaceuse racle et arrose la glace, puis retourne à son emplacement. L'entraîneur ouvre la barrière. Il avance à petits pas glissants sur la patinoire.

— Échauffez-vous! crie-t-il aux Faucons. Étirez-vous et patinez!

Il dépose les bouteilles d'eau sur le banc de l'équipe, puis va serrer la main de l'arbitre.

Thomas pose la palette de son bâton sur la glace, puis avance lentement à grands coups de patin. Il prend de la vitesse. Soudain, il entend ces mots dans sa tête :

*Nous sommes les champions de la gla-ace!*

*Notre uniforme sent les godasses!*

*Nous sommes les meilleurs,*

*Nous sentons la sueur...*

Mathieu patine devant lui en chantant les mêmes paroles.

— *Poum, poum, poum-poum, poum,* crie Thomas.

Mathieu se plie en deux et se trémousse :
*Prout, prout, prout-prout, prout!*

— Beaux étirements! leur crie l'entraîneur pour les encourager.

Thomas pouffe de rire. L'entraîneur fait des blagues sans même le savoir. Il en oublie complètement sa nervosité.

L'horloge revient à zéro et la sirène retentit. Les Faucons entourent Justin en criant : « Faucons! Faucons! Faucons! » Puis le premier trio se met en position.

Thomas se place au centre, les yeux fixés sur la glace.

L'arbitre laisse tomber la rondelle et Thomas la frappe de sa palette. La rondelle vole jusqu'à Mathieu, qui se propulse d'un coup de lame pour remonter la patinoire. Il fait une passe à Thomas juste avant la ligne bleue. Thomas prend son élan et effectue un lancer frappé. Le gardien des Requins de Bellevue fait un arrêt avec son gant bloqueur, mais la rondelle rebondit vers Thomas. Il la projette aussitôt dans le filet, où elle va frapper la barre

transversale avec un bruit métallique.

— Beau but! s'écrient Mathieu et Simon en lui frappant l'épaule.

La foule pousse des acclamations. Les Faucons frappent leurs bâtons sur la glace. Thomas se sent fier.

— *Nous SOMMES les champions de la gla-ace*, chante Mathieu en se dirigeant vers le banc.

L'entraîneur ouvre la barrière pour les laisser entrer, et le trio suivant va se placer au centre de la patinoire.

La chanson retentit encore dans la tête de Thomas. Le fait de se qualifier de champion l'aide à se sentir plus fort et sûr de lui.

— Allez, les Faucons! crie la foule.

— Allez, les Faucons! crient les joueurs sur le banc.

La partie passe aussi vite qu'un éclair.

Le pointage final est 4 à 0 pour les Faucons.

Thomas se dirige vers le vestiaire. Il lance son bâton dans un coin et enlève son chandail numéro 15. Il le fait tournoyer au-dessus de sa tête en criant : « Ya-hou! »

— Un autre blanchissage pour Justin! annonce Mathieu en levant les bras dans les airs. Et deux autres buts pour Thomas!

Il appuie sur le bouton de son lecteur MP3.

*Nous sommes les champions de la gla-ace!*

*Notre uniforme sent les godasses...*

Tout le monde chante en se balançant au rythme de la musique. Tout le monde... même Justin.

— Très beau match, les gars! crie l'entraîneur. Vous étiez vraiment déchaînés! Pour vous récompenser, je vous ai apporté quelques bouteilles de Gazou, une nouvelle bière d'épinette que nous lançons sur le marché. La prochaine partie a lieu demain à 18 h 30!

Il s'assoit sur le banc pendant que les joueurs se précipitent sur les bouteilles de boisson gazeuse.

Thomas porte la bouteille à ses lèvres. De petites bulles éclatent sur sa langue. Il prend une grande gorgée. Les bulles glissent dans sa gorge et remontent dans son nez. Il cligne des yeux. Il se pince le nez.

— Avez-vous senti ces bulles? demande-t-il, les larmes aux yeux.

— Ouais! dit Mathieu en haussant les

sourcils. Cette bière d'épinette est pleine de gaz! On peut dire qu'elle pète... le feu!

Une explosion de rires accueille sa plaisanterie.

Mathieu se met à chanter très fort, sur l'air d'*Un mille à pied* :

*Une bouteille de bière, ça gaze, ça gaze,*
*une bouteille de bière, ça gaze énormément!*
*La bière d'épinette, ça se boit au goulot*
*et c'est un cadeau de l'entraîneur Hugo!*
*Deux bouteilles de bière...*

— Les gars, vous êtes incroyables! dit

l'entraîneur en souriant.

— Non, vous êtes incroyable! réplique l'équipe en chœur. Merci pour la bière d'épinette!

Mathieu fait le tour du vestiaire en combinaison rouge et ramasse les bouteilles vides.

Simon cherche ses pansements adhésifs. Et la chanson continue...

*Trois bouteilles de bière, ça gaze, ça gaze,*
*Trois bouteilles de bière, ça gaze*
*énormément!*
*La bière d'épinette, ça se boit au goulot*
*et c'est un cadeau de l'entraîneur Hugo!*
*Quatre bouteilles de bière...*

# Le journal

Thomas est assis à son pupitre, son journal ouvert devant lui. Sur le chemin de l'école, il a réfléchi à ce qu'il écrirait aujourd'hui. Il a beaucoup de choses à dire au sujet de la partie d'hier soir. Et beaucoup d'autres à propos de la partie de ce soir. *Qu'est-ce que je devrais raconter en premier?* se demande-t-il. Il jette un coup d'œil à Justin. Son ami n'a pas l'air content. Il taille son crayon, qui est en forme de bâton de hockey.

— Psst! fait Simon, assis derrière Thomas. Regarde ce que j'ai mis dans mon journal.

Il a collé un vieux pansement adhésif sur la page.

— C'est dégueu, dit Mathieu.

Thomas rit. Ses amis sont tellement drôles! Mathieu est toujours en train de faire des blagues. Simon n'est pas bête, mais il a tendance à faire des gaffes.

Mme Wong, leur enseignante, se promène dans la classe en observant le travail des élèves. Elle s'arrête près de Simon. Thomas ricane en se demandant ce qu'elle va dire en voyant le pansement.

Mme Wong s'exclame :

— Aïe! Simon a fait des coupures à son texte! La comprenez-vous? Coupure, pansement...

Parfois, Mme Wong fait de bonnes blagues. On dirait qu'on peut lui dire n'importe quoi.

Elle toussote et ajoute :

— Si vous ne savez pas quoi écrire, pensez simplement à ce qui vous rend heureux ou tristes. Et ne vous inquiétez pas si vous faites des fautes d'orthographe. C'est *votre* journal. Écrire dans ce journal devrait vous faire du bien.

Thomas pose la pointe de son crayon sur la page. Pendant un moment, elle reste immobile. Puis il écrit :

Je suis joueur de centre pour les Faucons de Grand-Lac. On a disputé un match hier et on a gagné. Mon premier but était un lancer frappé. J'en ai compté un deuxième en contournant le but adverse. ET AUSSI j'ai presque réussi un TOUR DU CHAPEAU! Pour ça, il faut trois buts. Les Faucons vont-ils gagner ce soir? OUI! Et notre équipe a une nouvelle chanson...

Au bas de la page, Thomas dessine le tableau indicateur : 4-0. Mme Wong a raison. Il se sent bien d'avoir écrit au sujet du hockey et de leur victoire. Il dessine des feux d'artifice autour du pointage.

Mme Wong regarde Justin, qui rougit. Quand il est dans le filet, avec son équipement de gardien, il a l'air grand et courageux. Il peut affronter les meilleures équipes. Mais quand il est à l'école, certaines choses le rendent nerveux, comme écrire et parler devant la classe. Il n'a rien écrit dans son journal aujourd'hui, et hier non plus.

Mme Wong pousse un soupir.

— Hum. Si cette page reste blanche, je vais être obligée de te garder durant la récréation, Justin.

Thomas sait que Justin est mal à l'aise. Il regarde ses autres amis. Ils ont prévu de jouer au hockey à la récré. Ils ont besoin de Justin.

Mme Wong fait le tour de la classe. Elle regarde le journal d'Amélie et s'exclame d'un ton attendri :

— Oooooh! Ton petit chiot est tellement mignon!

Julianne a déjà rempli deux pages.

— Bravo! dit Mme Wong en enlevant le crayon de son oreille pour dessiner une étoile dans le journal de Julianne.

Karine lève la main.

— J'ai parlé de mon cours de danse irlandaise dans mon journal. Je suis allée à un *feis* la fin de semaine dernière. C'est une compétition de danse. J'ai décrit ma robe, la musique et le gros trophée que j'ai gagné.

Mme Wong lui tapote l'épaule.

— C'est agréable d'avoir une passion dans la vie, n'est-ce pas?

Elle jette un coup d'œil à la page vide de Justin et dit, en fronçant les sourcils :

— Tu ferais mieux de commencer à écrire, Justin. Souviens-toi que tu peux écrire quelques mots ou une centaine. L'important est de rester toi-même.

Thomas prend conscience d'une chose en écoutant son enseignante. Justin *reste* lui-même, justement. Il est nerveux à l'idée d'écrire, et ses pages blanches en sont la preuve.

— Peut-être que tu pourrais parler d'une activité que tu aimes, ajoute

Mme Wong.

Thomas essaie d'attirer l'attention de Justin.

— Justin! Justin! chuchote-t-il en désignant son chandail des Flammes. Écris sur le hockey! C'est facile!

Karine lève les yeux au ciel.

— Le hockey, toujours le hockey!

Justin rougit.

Thomas pousse un soupir exaspéré.

— Fais comme si ta page était une patinoire. Grave quelque chose sur la glace!

Justin hausse les épaules.

— Bon, bon, d'accord...

Il dessine la bouteille brune que lui a donnée l'entraîneur. Puis il écrit : **GAZOU**.

En voyant son dessin, Simon s'écrie :

— Une chance qu'une image vaille mille mots, parce que sinon, tu aurais une pénalité!

# Le pirate au nez rouge

La cloche de la récréation sonne. Thomas, Mathieu, Simon et Justin enfilent leurs bottes et leurs blousons et se dirigent vers le bureau du concierge.

— Bonjour, monsieur Morin! lancent les garçons en prenant des bâtons de hockey dans une boîte.

— Bonjour, les gars! dit M. Morin. Comment était la partie d'hier?

— On a gagné!

— Bravo! dit M. Morin en levant le pouce. N'allez pas sur la glace pendant la récréation. Tout le terrain du côté ouest est complètement glacé.

Les garçons sortent à l'extérieur. L'école projette une ombre noire sur le terrain.

— Zut! dit Simon en regardant où il met les pieds. M. Morin a raison. Le chinook d'hier a dû faire fondre la neige, puis l'eau a gelé durant la nuit. On pourrait se casser une jambe là-dessus.

— Allons dans le coin de la marelle. Personne ne s'en sert, suggère Thomas.

Mais une fois là-bas, ils constatent que

Karine et ses amies y sont déjà.

— Je montre ma danse irlandaise à Julianne et Amélie, dit Karine, les mains sur les hanches.

Elle lance un pied dans les airs et manque de perdre sa botte.

— J'en ai parlé dans mon journal, ajoute-t-elle.

— On est au courant, dit Mathieu.

Thomas sort une balle de tennis de sa poche et la laisse tomber à ses pieds. Il se met à courir autour des filles. Mathieu s'approche pour intercepter la balle. Leurs bâtons s'entrechoquent.

— Par ici! crie Simon. Faites-moi une passe!

— Qu'est-ce que vous faites? proteste Karine. On était ici avant vous. On joue au *Match des étoiles*. Je danse et je chante pour mes amies. Et vous me dérangez!

Mathieu arrête de jouer.

— Un match? Les matchs, ça nous connaît! Et nous aussi, on peut chanter! dit-il en faisant un clin dœil à ses copains. Êtes-vous prêts, les gars?

— Quoi? dit Justin.

— Mais oui, chuchote Mathieu. Tu sais,

notre chanson?

Les garçons se placent en ligne. Ils tiennent leurs bâtons comme des micros.

— Un, deux, trois... compte Mathieu.

*Nous sommes les champions de la gla-ace!*

*Notre uniforme sent les godasses!*

*Nous sommes les meilleurs,*

*Nous sentons la sueur...*

Les garçons pouffent de rire.

— *Poum, poum, poum-poum, poum!* chantent les filles en riant.

— C'est une chanson des Gougounes, dit Karine. Je connais toutes leurs chansons. J'ai même acheté leur dernier disque à la foire du livre.

Elle s'éclaircit la voix et commence à chanter :

— *Le pirate au nez rouge...*

Julianne l'interrompt :

— Attends! On va la chanter ensemble.

— Prenons leurs bâtons de hockey, ajoute Amélie.

Imitant les garçons, les filles s'emparent des bâtons et entonnent en chœur :

*Le pirate au nez rouge*
*il avait seulement un œil!*
*On disait que sa laideur*
*pouvait faire mourir de peur!*

Elles laissent tomber les bâtons en riant.

Mathieu porte la main à sa gorge et se met à tousser.

— Je meurs, je *meurs*, j'ai vu le pirate au nez rouge! gémit-il d'une voix étranglée. Je meurs... d'envie de jouer au hockey!

Il fait un clin d'œil à ses amis.

— Ouais! s'écrient les garçons en prenant

leurs bâtons et en les frappant sur le ciment.

— Hé! j'ai une idée! lance Karine. On pourrait demander à Mme Wong si on peut faire un spectacle!

— Je ne veux pas faire de spectacle, dit Justin. Je déteste être devant la classe. Et je ne joue pas de musique. Je joue au hockey.

— Ça pourrait être autre chose que de la musique, dit Amélie. On pourrait présenter...

Thomas ne les écoute plus. Il est d'accord avec Justin.

— Bon, ne perdons plus de temps. Jouons au hockey! La récré est presque finie.

Mathieu s'empare de la balle de tennis et s'avance en zigzaguant vers Justin. Il fait une passe à Thomas. Justin s'accroupit. Thomas frappe la balle. Justin fait un arrêt et envoie voler la balle vers le terrain glacé. Simon se met à courir pour la rattraper. Dès qu'il pose le pied sur la glace, il glisse et tombe en s'égratignant la main.

— Il me faut le pansement qui est dans

mon journal! gémit-il.

*DRRRRING!* fait la cloche. La balle finit par s'arrêter au milieu du terrain glacé.

— Entrez, les enfants! crie l'enseignant chargé de surveiller la cour de récréation.

Thomas lève les bras dans les airs.

— Maintenant, on n'a même plus de balle de tennis!

À la fin de l'après-midi, cinq minutes avant que la cloche sonne, Mme Wong dit aux élèves :

— J'ai eu une idée!

Elle prend un bout de craie et écrit au tableau :

## DEMAIN
## EXPOSÉ ORAL
## PRÉSENTATION DU JOURNAL

— Quoi? s'écrie Mathieu.

— Je sais, je sais. Des filles m'ont demandé si elles pouvaient présenter leur journal. C'est merveilleux de voir un tel enthousiasme pour l'écriture! Souvenez-vous que vous pouvez choisir ce que vous allez présenter à la classe.

— Je vais écrire dix autres pages sur la danse irlandaise, lance Karine en souriant.

— Je vais apporter des accessoires pour ma présentation, ajoute Amélie.

— Et moi, je vais apporter un tuba, dit Julianne.

— Une *présentation?* soupire Simon.

— Vous pouvez apporter des accessoires, mais ce n'est pas obligatoire, dit Mme Wong. Et limitez votre présentation à quelques minutes.

— On pourrait peut-être demander à notre mère de faire des biscuits? suggère Amélie.

— Miam! dit Mme Wong en souriant. Ce sera une belle journée!

Thomas s'affale sur sa chaise. Il aime avoir des bonnes notes à l'école et veut faire plaisir à Mme Wong. Mais ce soir, il n'aura pas le temps de faire son devoir de maths, de préparer des accessoires et de demander à sa mère de faire des biscuits. Il a une partie de hockey à 18 h 30!

Il feuillette son journal. Il dessine un visage mécontent sur la dernière page. Il ajoute dans une bulle :

*GRRRRRRR!*

Il ne sait pas pourquoi, mais il se sent mieux en regardant son dessin.

# Quel gardien!

Il est 19 h. L'aréna de Clermont est glacial. L'arbitre donne un coup de sifflet en levant le bras. « Dégagement refusé! » Les joueurs retournent au cercle de mise au jeu près du filet des Faucons. Tout en patinant, Thomas jette un coup d'œil à l'horloge et au tableau indicateur. La deuxième période est déjà

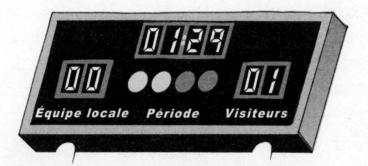

commencée. Les Faucons de Grand-Lac mènent 1 à 0 contre les Loups de Clermont. Mais ils viennent de commettre une grosse erreur. Et maintenant, les Loups ont une occasion de marquer un but.

L'entraîneur des Faucons est debout près du banc des joueurs. Il a une main sur la barrière et une main sur le loquet.

— Thomas! Simon! Sortez! crie-t-il.

Les deux garçons quittent la glace. Mathieu et Samuel vont les remplacer.

— Calmez-vous un peu, les fanfarons, dit l'entraîneur. Vous ne jouez pas en solo. C'est un jeu d'équipe. Faites des passes. Tenez les Loups en haleine!

Le juge de ligne laisse tomber la rondelle. Le numéro 13 des Loups gagne la mise au jeu, et fait une passe à son ailier. Il envoie la rondelle ricocher sur la bande. L'ailier la rabat à l'aide de son gant, puis s'en empare avec son bâton. Après trois grands coups de patin, il tire au but. *POC!* La rondelle percute

la palette de Justin. Elle rebondit devant le numéro 13. *TOC!* Il frappe la rondelle. Justin la fait de nouveau dévier avec son bâton. Le numéro 13 se saisit encore du rebond. *TCHOC!* La rondelle glisse vers le but. Justin s'étend de tout son long sur la glace, couvrant la rondelle de son corps.

La foule se met à crier et à siffler.

Sur le banc, les joueurs des Faucons sont déchaînés.

— Quel gardien, ce Justin! crient-ils en frappant leurs bâtons contre la bande.

Justin les a encore sauvés!

Le juge de ligne reprend la rondelle et patine jusqu'au cercle de mise au jeu.

Thomas avale sa salive.

— As-tu vu cet ailier? demande-t-il à Simon. Et le numéro 13 porte malchance. À notre équipe, en tout cas!

— Justin est incroyable, dit Simon. Il a arrêté tous les tirs, mais est-ce qu'il peut continuer longtemps comme ça?

Thomas et Simon se regardent d'un air nerveux.

— J'espère que oui! s'écrient-ils en même temps.

Trente minutes plus tard, les Faucons dansent dans le vestiaire en chantant :

*Nous sommes les champions de la glaace!*

*Notre uniforme sent les godasses!*
*Nous sommes les meilleurs*
*Nous sentons la sueur...*

— Bravo, les gars! dit l'entraîneur. 3 à 0! Un AUTRE blanchissage pour Justin! Mais il y a eu trop de pénalités.

Tout le monde se tourne vers Mathieu.

— Hé! Bozo!

— Désolé... dit Mathieu d'un air piteux.

L'entraîneur ouvre son sac. Il contient deux caisses de bouteilles de Gazou.

— Servez-vous! dit-il en souriant. Après avoir joué à pleins *gaz*, vous avez sûrement besoin de refaire le plein!

Les joueurs éclatent de rire. Parfois, leur entraîneur est vraiment tordant.

Thomas, Mathieu et Simon débouchent leurs bouteilles.

— *Gazou*! lance Mathieu.

Ils avalent le contenu d'un trait. Justin met sa bouteille dans son sac de hockey, à côté de la bouteille de la veille.

— Je les garde, dit-il à Thomas. Je ne peux jamais jamais boire ni manger après une partie. Je suis trop énervé.

— Hé, j'ai mon accessoire pour l'exposé de demain! lance Simon en retirant son gant de hockey.

Il montre sa main blessée couverte d'un

gros pansement. Le pansement est de la même couleur que son bleu : mauve, rouge et vert.

— Des accessoires! gémit Mathieu. Quelle *corvée!*

Justin s'affale sur le banc, l'air malheureux.

— Je ne sais pas ce que je vais faire quand Mme Wong va me demander de lire quelque chose dans mon journal. J'ai toujours le hoquet quand je suis nerveux. Et ce n'est pas tout, comme vous le savez...

Thomas le sait. Justin bégaie lorsqu'il est très nerveux, et il essaie de le cacher. Parfois, il bégaie avant un match important. Mais le bégaiement disparaît toujours une fois qu'il est en position

dans le but.

Justin s'affaisse contre le mur. La grille noire de son casque retombe devant son visage. Il semble soudain féroce.

Thomas a une idée.

— J'ai écrit sur le hockey dans mon journal. Je pourrais apporter mon chandail des Faucons comme accessoire. Pourquoi ne porterais-tu pas ton uniforme? ajoute-t-il en secouant les épaules de Justin. Tu pourrais prendre ton air féroce de gardien. Et tu pourrais montrer une page blanche de ton journal en disant : « Voilà combien de rondelles j'ai laissées passer cette saison! »

Le visage de Justin s'éclaire. Il réfléchit quelques secondes.

— Je n'aurais pas l'air bizarre avec tout mon équipement?

— Moi aussi, je vais porter mon uniforme, dit Simon.

— Moi aussi, ajoute Mathieu.

— Allez, Justin! insiste Thomas.

Il tend son poing et ses copains le frappent à tour de rôle.

— Vive les Faucons! s'écrient-ils en chœur.

Justin sourit.

— Vous avez raison. Je ne suis jamais nerveux sur la glace, une fois que la partie est commencée. J'ai seulement le trac avant les matchs. Peut-être que je n'aurai pas le trac si je porte mon équipement!

— C'est un bon truc contre le trac! Et peut-être auras-tu la note parfaite en classe comme sur la glace! lance Mathieu.

Ses amis poussent un grognement.

# L'exposé oral

Le lendemain, pendant l'heure du dîner, Thomas et Justin vont se changer dans les toilettes des garçons.

— Je suis tellement n-n-nerveux, dit Justin. Je suis un bon à rien.

— Mais non, dit Thomas. Tout va bien aller. Tu n'as qu'à penser à notre chanson quand tu seras debout devant la classe. *Nous sommes les champions de la glace!* Ça te donnera de l'assurance.

Thomas sourit. Il aime l'idée d'être un champion.

— Allez, chante avec moi! ajoute-t-il en poussant Justin du coude.

Les deux amis chantent ensemble :
*Nous sommes les champions de la gla-ace!*

En revenant dans le couloir, ils croisent
M. Morin.

— Comment ça va, les gars? leur
demande-t-il.

— Nous sommes les champions de la
glace! réplique Thomas.

— Bravo! Continuez comme ça!

Dans la classe, tous les élèves s'affairent à
préparer leur exposé oral. La mère d'Amélie
entre avec un grand plateau de biscuits au
chocolat. Amélie porte un sac doré brillant.

La tête de son petit chien blanc, Cornichon, sort par l'ouverture du sac.

Thomas, Simon et Mathieu se rassemblent dans un coin, vêtus de leur équipement de hockey.

— Faucons! Faucons! Faucons! scandent-ils.

— Hockey! Hockey! Hockey! réplique Amélie en levant les yeux au ciel.

Les gants, le plastron et les énormes jambières de Justin lui donnent une allure de géant. Il se glisse sur sa chaise, avec un hoquet si violent que sa tête tressaute.

Thomas sait que son ami est nerveux.

— Champion, champion, murmure-t-il en lui faisant un clin d'œil.

Justin hoquette et répond en bégayant :

— M-m-merci.

Thomas balaie la classe du regard. *Où est Karine?* Son pupitre est vide. *C'est elle qui voulait présenter son journal, et elle n'est même pas là!* Tout à coup, une chose curieuse se produit. Thomas entend la voix de Karine provenir d'une autre personne qui vient d'apparaître dans le cadre de la porte.

— Excusez mon retard, madame Wong. J'ai eu du mal à ajuster ma perruque.

— Karine? dit Mme Wong, surprise. Je t'ai à peine reconnue. Ta robe est superbe.

Karine porte une robe orange et bleue, en tissu moiré cousu de faux diamants, avec des manches élaborées et une jupe en forme de parasol. Sa perruque frisée est aussi blanche

et bouffante que le pelage de Cornichon, le chien d'Amélie.

Quand Cornichon aperçoit la perruque de Karine, il se met à aboyer et grogner :

— *Grrrrrrrrr!*

— Tout doux, Cornichon! lui dit Amélie.

Elle l'emmène à l'arrière de la classe pour permettre à Karine de s'asseoir.

Mme Wong tape des mains.

— Les enfants! Je suis contente de voir que tout le monde s'est bien préparé. J'ai très hâte de commencer! Asseyez-vous et je vais piger un nom.

Elle plonge la main dans une boîte sur son bureau et en tire un bout de papier.

— Julianne, tu es la première. Souviens-toi que ton exposé doit être court.

Julianne va à l'avant de la classe en transportant un étui noir de forme étrange. Elle défait les attaches et en sort un gros tuba.

Elle lit une page de son journal :

**Le tuba de mon grand-père était dans notre sous-sol. Ma mère a dit que j'étais trop petite pour en jouer, mais je me suis quand même faufilée en bas pour l'essayer. J'ai lavé l'embouchure parce que grand-papa crachait quand il jouait du tuba.**

Elle prend une grande respiration, se gonfle les joues comme un poisson-globe et souffle :

— *PROOOOOUT!*

Le tuba fait un bruit de coussin péteur.

— On pourrait utiliser ce tuba pour notre super chanson, s'exclame Mathieu en souriant.

*Prout, prout, prout-prout, prout!*

À 14 h, plus de la moitié de la classe a fait sa présentation.

Thomas regarde ses copains. Ils crèvent de chaleur dans leur équipement et se tortillent sur leurs chaises. Justin a l'air malade.

— C'est quand la récré? souffle Mathieu.

— Bientôt! répond Thomas en levant les pouces.

Mme Wong pige un autre nom.

— Karine!

— C'est mon tour! s'exclame-t-elle.

Sa perruque et sa jupe bondissent tandis qu'elle s'avance jusqu'à l'avant de la classe. Elle fait la révérence et aligne ses souliers noirs vernis. Puis elle regarde ses camarades et commence :

**Chapitre 1. Page un de quatorze. Je suis la meilleure en danse irlandaise. J'ai gagné des tas de trophées. J'adore mon costume, mon maquillage et ma perruque. Je veux avoir des faux cils pour mon anniversaire. Je veux me présenter au *Match des étoiles*. J'avais**

— C'est très bien, dit Mme Wong. Malheureusement, nous devons limiter nos exposés à un paragraphe aujourd'hui.

Karine fronce les sourcils et met sa musique en marche. Elle commence à

exécuter des pas et des sauts au rythme d'un reel irlandais. Elle va de plus en plus vite... jusqu'à ce que la musique arrête.

La mère d'Amélie s'écrie :

— Bravo! Bravo! Vos élèves sont si talentueux! Quel beau spectacle!

Mme Wong lit le prochain nom :

— Justin.

# Gazou

Thomas, Simon et Mathieu retiennent leur souffle pendant que Justin traîne son sac jusqu'à l'avant de la classe.

— Heu... commence Justin avant de se figer.

Il hoquette, puis bégaie :

— Heu... J-j-je...

Thomas agite les bras pour attirer son attention.

— Ton casque! prononce-t-il en remuant silencieusement les lèvres. Ta grille!

Il se met à fredonner « *Nous sommes les champions...* »

Justin sort son casque de son sac, le met

et rabat la grille. Il émet un dernier hoquet.
Quelques élèves ricanent. Aussitôt, Justin
arbore son visage féroce de gardien.

— Je suis le gardien des Faucons de
Grand-Lac, dit-il d'une voix forte. J'adore le
hockey.

Mme Wong sourit et hoche la tête.

— Aujourd'hui, mes accessoires sont...
ajoute-t-il en regardant la classe.

Il se fige une seconde, secoue la tête et
continue :

— Mes accessoires sont Thomas, Simon
et Mathieu. Ils jouent pour les Faucons, eux
aussi. Je suis meilleur quand je suis entouré
de mon équipe.

Thomas sent un frisson lui parcourir le dos. Justin est FANTASTIQUE!

Les trois garçons se dirigent vers l'avant de la classe et se placent à côté de leur gardien.

— Tu dois nous lire ton journal, maintenant, dit Mme Wong.

Justin n'a jamais autant parlé devant la classe. Il n'a jamais prononcé autant de paroles durant toute l'année. Mme Wong a l'air fière de lui.

Justin ouvre son journal. Il montre le dessin de la bouteille de bière d'épinette.

— GAZOU! tonne-t-il en lisant l'unique mot de la page.

Puis il plonge la main dans son sac et en sort deux bouteilles brunes.

— Hein?

Tout le monde se lève pour mieux voir.

Justin fait semblant de boire au goulot.

— Des bouteilles de bière! annonce Mathieu.

— Pleines de gaz! précise Thomas.

— *Prout, prout, prout-prout, prout!*
ajoute Simon.

Les quatre garçons se mettent à ricaner.
Puis ils s'étranglent de rire. Ils sont pliés en
deux. Thomas essaie de maîtriser son fou
rire, mais c'est impossible. Des larmes
coulent sur ses joues. Il se tient le ventre à
deux mains.

— Ouf! dit Mathieu. Ça me donne des gaz!

Justin se met à chanter :

*Une bouteille de bière, ça gaze, ça gaze...*

Sans attendre la fin de la chanson, la mère
d'Amélie pose bruyamment son plateau de
biscuits et sort de la classe d'un air insulté.

# Suspension

Les garçons continuent de chanter :
*... une bouteille de bière, ça gaze*
*énormément!*
*La bière d'épinette, ça se boit au goulot*
*et c'est un cadeau de l'entraîneur Hugo!*

Mme Wong toussote.

— Hum, hum! C'est une vieille chanson de camp de vacances. Maintenant, c'est le tour d'un autre élève.

Elle met la main dans la boîte.

*Toc-toc-toc!* Mme Dion, la directrice de l'école, ouvre la porte.

— Justin, Mathieu, Simon et Thomas, venez à mon bureau, s'il vous plaît!

Les quatre amis sont assis sur le banc dans le bureau de Mme Dion. Thomas a chaud. Son cœur bat vite. Il n'a jamais été au bureau de la directrice auparavant. Elle n'a pas l'air contente.

— Savez-vous pourquoi je veux vous parler? demande-t-elle d'un ton sérieux.

Les garçons se regardent, perplexes.

— Allez! dit Mme Dion. Réfléchissez un peu.

— Parce qu'on a marché sur la glace à la récré? dit Simon en lui montrant sa main endolorie.

— Non, dit Mme Dion en prenant des notes. Mais c'est un autre sujet que je veux aborder avec vous. Le terrain est dangereux et je vous interdis d'y aller.

— Est-ce qu'on était en retard après le dîner? demande Thomas en se rappelant qu'ils ont pris le temps de saluer M. Morin.

Mme Dion prend encore des notes.

— Je viens de recevoir une plainte d'un parent au sujet de votre choix de chanson et d'accessoires pour votre exposé oral. C'était déplacé. Vous avez peut-être appris cette chanson dans un vestiaire de hockey, mais ici, cela peut vous valoir une suspension.

Thomas a l'impression de recevoir un lancer frappé dans le ventre.

— Une suspension, est-ce que c'est comme au hockey? demande-t-il. Au hockey, ça veut dire qu'on manque la partie suivante.

— Oui, dit Mme Dion. À l'école, ça veut dire que vous manquez la journée d'école suivante.

Thomas regarde ses amis. Ils ont l'air piteux et mal à l'aise.

— Je ne savais pas que c'était déplacé, dit Mathieu d'une petite voix. J'ai déjà entendu une chanson de ce genre dans l'autobus scolaire.

Mme Dion prend d'autres notes.

— Est-ce que le mot « déplacé » veut dire faire une mauvaise chose au mauvais moment? demande Simon. J'allais montrer mon pansement à tout le monde. Il n'y a pas de sang dessus. Est-ce que c'est déplacé?

Thomas prend une grande inspiration. *Que vont dire ses parents?* Pour retenir ses larmes, il se répète : *Champions. Nous sommes des champions.* Mais il ne se sent pas du tout comme un champion.

Justin s'éclaircit la gorge :

— Hum. On est ici pa-parce que j'ai lu mon j-j-journal. Et aussi pa-parce que...

Il se met à hoqueter et son visage devient tout rouge.

Mme Dion tapote son crayon sur son bureau.

Justin rabat la grille de son masque devant son visage et dit d'un ton ferme :

— On nous a dit d'apporter des accessoires pour notre exposé oral. J'avais parlé de la bière d'épinette Gazou dans mon journal, alors j'ai montré des bouteilles de bière d'épinette à la classe. C'est une nouvelle boisson gazeuse. Après, on a chanté *Une bouteille de bière, ça gaze*. On s'est mis à rire parce qu'on était nerveux. Tout le monde pense que les joueurs de hockey ne sont pas nerveux, mais à moi, ça m'arrive tout le temps.

— Moi aussi, dit Thomas.

— Oh, dit Mme Dion en se mordant les

lèvres. De la bière *d'épinette*! Une boisson *gazeuse*... Ce n'est pas tout à fait ce qu'on m'a raconté. Merci, Justin, tu as très bien expliqué l'histoire, enfin votre version.

Justin sourit en soulevant la grille de son casque.

Thomas reste perplexe. Qu'est-ce que la mère d'Amélie a bien pu *raconter* à la directrice?

*TOC-TOC-TOC!*

Des coups à la porte interrompent la directrice.

— Madame Dion, dit M. Morin, nous avons un problème.

— Qu'est-ce qui se passe? demande-t-elle.

— Amélie a sorti son chien dehors à la récréation, et il a couru au milieu du terrain glacé. Il voulait aller chercher une balle de tennis.

Mme Dion ne dit rien. Thomas avale sa salive. C'est sa balle de tennis.

— Cornichon ne veut pas revenir et personne ne peut marcher sur la glace, poursuit M. Morin. Qu'est-ce que je dois faire?

— Oh non! dit Mme Dion. Les chiens n'ont pas le droit d'aller sur le terrain de jeu. C'est un règlement municipal!

Puis elle se met à tailler son crayon.

# Mise au jeu

— Cornichon! crie Amélie. Viens, mon petit Cornichou!

Mme Wong, la mère d'Amélie et les autres élèves sont rassemblés au bord du terrain. Ils ont les yeux fixés sur le petit chien. Thomas, Simon, Mathieu et Justin se hâtent dans leur direction, suivis de près par M. Morin et Mme Dion.

— *Aouououou! Aouououou!* gémit faiblement Cornichon.

— Il a peur, sanglote Amélie. Il va geler. Je dois le sauver!

Elle met le pied sur la glace. *Ziiip!* Elle tombe sur le dos.

M. Morin avance à petits pas glissants jusqu'à elle et la soulève en la tenant par le

coude. *Boum!* Ils tombent tous les deux.

— *Aïe!* crie M. Morin en se frottant le coude. J'aurais pu me fendre le crâne. *Personne* ne doit marcher sur ce terrain avant que la glace ne fonde.

— Elle ne fondra pas avant une *semaine*, s'exclame Amélie. Cornichon va *mourir* de faim!

Tout le monde regarde le petit chien.

Mme Wong resserre son écharpe et enfonce son chapeau sur sa tête. Elle souffle dans ses mitaines.

— Hum, dit-elle. Nous avons un problème.

— Un très gros problème, renchérit Mme Dion.

— Moi, je n'ai pas peur de cette glace dure, dit Justin en frappant du poing sur son casque de gardien.

— Moi non plus, dit Thomas. Notre équipement de hockey est fait pour ça.

Il observe Cornichon. Le chiot a la balle de tennis dans la gueule. Cela lui donne une idée.

— Il nous faudrait nos bâtons!

— Je reviens tout de suite, dit M. Morin, qui a compris ce qu'il voulait faire.

Pendant que les élèves grelottent en bordure du terrain, le concierge s'empresse d'aller chercher les bâtons dans la classe. Quand il revient, Thomas, Justin, Simon et Mathieu ont ajusté leurs casques et leurs bottes. Ils prennent les bâtons et tournent la tête vers Mme Dion.

— Eh bien, dit-elle, je suppose que nous pouvons laisser des joueurs de hockey aller sur la glace.

— Soyez prudents! s'écrie Mme Wong pendant que Simon et Mathieu se dirigent vers le chien en détresse.

— S'il vous plaît, sauvez mon Cornichon!
supplie Amélie.

— Viens, Cornichon, appelle Simon.
Viens, mon beau chien!

Cornichon incline la tête, puis se met à
faire des cabrioles au milieu du terrain.
Simon et Mathieu avancent rapidement.
Comme des ailiers, ils se déploient des deux
côtés du chien. Tout à coup, Cornichon se
met à courir vers la rue.

— Les voitures! Les voitures! crie Mathieu
en courant et en glissant sur la glace.
Cornichon fait une échappée avec la balle!

Mathieu tombe en pleine figure. Il se relève.

— Cornichon! dit Simon d'un ton sec. Assis! Assis, je te dis!

Simon tombe sur le derrière.

Cornichon arrête et se retourne. Il remue la queue. Il les regarde avec l'air de dire : « Vous ne pouvez pas m'attraper! *Na, na, na, na, na!* »

— Mathieu! Simon! crie Thomas. Allez dans l'autre direction! Contournez-le en revenant vers l'école. Il pense que c'est un jeu. Il faut se montrer plus futé que lui.

Simon et Mathieu suivent ses indications. Cornichon se met à les poursuivre, et s'éloigne de la rue.

— Allez, les Faucons! crient les autres élèves.

Il n'y a pas une seconde à perdre! Thomas se tourne vers Karine.

— Est-ce que je peux emprunter ta perruque?

Karine fait la grimace, mais enlève sa perruque et la lui donne.

Thomas avance sur la glace, suivi de Justin.

Il crie, en secouant la perruque blanche :

— Cornichon! Cornichon! Viens ici, Cornichon! J'ai un beau petit chien à te présenter!

Thomas se met à japper comme un petit chien.

Cornichon regarde le garçon, puis la perruque. Thomas aboie de nouveau et laisse tomber la perruque sur la glace. Il recule d'un pas.

— Préparez-vous pour la mise au jeu! crie-t-il à ses copains.

Il garde son bâton sur la glace, les yeux fixés sur Cornichon. Le chien avance en gambadant sur la glace, la balle de tennis toujours dans la gueule. Puis il laisse tomber la balle pour renifler la perruque. Le plan de Thomas a fonctionné! Il harponne aussitôt la balle avec son bâton et l'envoie à Simon.

— *Ouaf! Ouaf!* jappe Cornichon en courant après la balle.

— Allez, les Faucons! crient les élèves.

Simon frappe la balle en direction de Justin. Cornichon se lance à sa poursuite. La balle atterrit en rebondissant. Justin s'accroupit, prêt à intercepter Cornichon qui glisse vers lui. Puis il s'étire et se laisse tomber sur la glace, couvrant Cornichon de son gant.

Les élèves se mettent à crier en voyant que Justin a attrapé le chien.

— *Ya-houuuu!*

— *Aouououou!* hurle Cornichon.

Thomas, Simon et Mathieu entourent Justin et son rescapé. En quittant le terrain à petits pas prudents, ils entonnent :

*Nous sommes les champions de la gla-ace!*
*Notre uniforme sent les godasses!*
*Nous sommes les meilleurs,*
*Nous sentons la sueur...*

Justin remet le chien à Amélie, qui s'exclame :

— Merci, merci, *merci!*

Thomas se sent fier. Il regarde les visages souriants qui l'entourent. Puis il remarque que Mme Dion secoue la tête. Il avale sa salive. *Est-ce qu'elle secoue la tête d'un air content ou fâché*? C'est difficile à dire...

— Penses-tu qu'elle est d'une humeur de chien? chuchote Mathieu.

Finalement, Mme Dion prend la parole :

— Bravo, les garçons.

# Les champions de la glace

De retour dans la classe, Mme Wong pige un autre nom dans la boîte.

— Thomas, c'est à toi.

Thomas se dirige vers l'avant de la classe avec son journal. Il l'ouvre et le feuillette pour trouver quelque chose à lire.

— Heu, pas ça... Ça non plus... marmonne-t-il.

Chaque page de son journal parle de hockey. Et maintenant, il ne sait plus ce qui est déplacé pour une lecture en classe.

— S'il te plaît, Thomas, dit Mme Wong. J'aimerais entendre tout le monde cet après-midi.

Il lève les yeux.

— Est-ce que Simon, Mathieu et Justin peuvent être *mes* accessoires? demande-t-il en grimaçant.

— Allons bon! dit Mme Wong en poussant un soupir. D'accord.

Les trois garçons se lèvent pour aller le rejoindre. Il leur montre la page de journal où il parle de leur drôle de chanson.

— On va la chanter, chuchote-t-il.

— Es-tu *fou*? s'exclame Simon.

— J'ai eu une idée, dit Thomas avant de se tourner vers Mme Wong. On a besoin d'un temps d'arrêt de trente secondes pour une réunion d'équipe!

Mme Wong hoche la tête.

Thomas chuchote quelques mots à ses amis. Puis ils se placent en rangée. Ils alignent leurs bottes humides. Ils saluent, puis se mettent à chanter :

*Nous sommes les champions de la gla-ace!*
*Notre uniforme...*

Ils font une pause. Les filles crient :

— *... sent les godasses!*

Julianne s'apprête à sortir son tuba.

Mme Wong lève les sourcils et secoue la tête en regardant les filles.

Les garçons reprennent :

*Nous sommes les champions de la gla-ace!*
*Notre uniforme...*
*est une cuirasse!*
*Nous sommes les meilleurs,*

*Nous jouons sans peur*
*C'est nous, les Faucons,*
*et nous sommes les champions...*
*de la glace!*

Ils saluent de nouveau.

— *YA-HOU!* s'écrient-ils en frappant du poing dans les airs.

— Quoi? dit Karine. Ce ne sont pas les bonnes paroles! Vous n'avez pas chanté la partie avec les *prout-prout!*

Mme Wong lui jette un regard sévère.

Les garçons retournent à leurs places.

— Aujourd'hui, les Faucons sont vraiment les champions de la glace, car ils ont sauvé Cornichon, dit Mme Wong. On se serait cru à une partie de hockey!

— Bravo, les Faucons! crient les élèves en les applaudissant.

Les quatre garçons sourient.

*C'était une drôle de journée,* pense Thomas. *D'abord, on a fait la mauvaise chose au mauvais moment, selon la mère d'Amélie. Puis Mme Dion a eu une mauvaise information. Ensuite, on a fait la mauvaise chose au bon moment, en allant sur la glace* secourir Cornichon. *Sauf que Justin a fait la bonne chose au bon moment, en expliquant toute l'histoire à la directrice.*

Il regarde ses amis. *C'est agréable de former une équipe. Ensemble, peut-être qu'on saura toujours quoi faire... au bon moment! Vive le hockey!*

Thomas a hâte de disputer la prochaine partie.

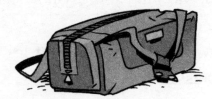